給爸媽的話　引導幼兒自己說故事

幼兒學說話是靠看嘴形、聽聲音來模仿練習的，親子間的互動必定比單憑電視或光碟教學，更能提升幼兒語言學習的效能。

這套「*我會自己說故事*」正好為爸媽提供訓練幼兒說話的材料。我們建議爸媽每天抽出最少10分鐘，以循序漸進方式按下面五部曲和幼兒說故事，為他們語言學習及閱讀興趣的培養奠定重要基礎。

「*我會自己說故事*」系列使用方法五部曲：

1. 爸媽參考書後「故事導讀」，依照圖片給幼兒說故事

爸媽可參考書末的「故事導讀」，並按照圖片內容，以口語邊讀邊指着圖片，和幼兒說故事。當然爸媽也可以增刪、重新創作故事內容，讓閱讀的樂趣得以延伸。

2. 按幼兒感興趣的內容重覆說某一段／某一個故事

幼兒或許會對某一幅圖片或某一個故事感到有趣，而要求您再說一遍。就算您已覺得厭倦，但想到這正是他快樂地吸收語言基礎知識的機會，所以您也不要太快拒絕他。您可按其需要重覆內容1～3次，並試着邀請他跟您說單字、單詞，甚至短句。

3. 爸媽鼓勵幼兒參與說故事

為了鼓勵幼兒參與說故事，爸媽可以在說到某些情節或事物時給予停頓，讓幼兒自行說出故事的一小部分內容。如果幼兒願意嘗試參與說故事時，記得要給予擁抱、讚賞等適當的肯定和鼓勵。

4. 爸媽鼓勵孩子自行試着說故事

有時爸媽會拿着圖書強行要幼兒自己說故事，可是他們十居其九都不會乖乖就範。記着，爸媽鼓勵幼兒試說故事時，要保持輕鬆的氣氛，也要按其需要和興趣而行。

5. 為爸媽／幼兒所說的故事錄影或錄音，隨後播放給幼兒欣賞

現在的通訊科技如此發達，爸媽可以用手機隨時為親子間所說的故事錄音、錄影。這樣除了可以引發幼兒的好奇心和建立其語言表達的自信外，也可以讓他在重溫時激發閱讀樂趣，提升本系列最大的學習果效。

期望透過「我會自己說故事」系列和以上五部曲，您家的幼兒很快也學會自己說故事了！

特約編輯

鄭雅燕

偷蜜糖的黑熊（不要弄巧反拙）

小蛇的毛衣（學習關心別人）

誰送的禮物 （關心朋友）

蹺蹺板（不以大欺小）

小貓釣魚（不貪別人的成果）

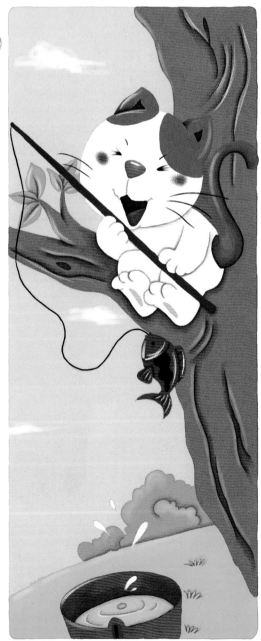

貪吃的小豬（不要貪心）

狐狸偷葡萄（做正當的行為）

不冷了（幫助朋友）

迷路的小白兔（熱心助人）

自作自受的小豬 （替人着想）

懂事的小烏鴉（孝順父母）

團結的小螞蟻（團結精神）

放風箏（熱心助人）

見義勇為的猴子（主動幫助別人）

 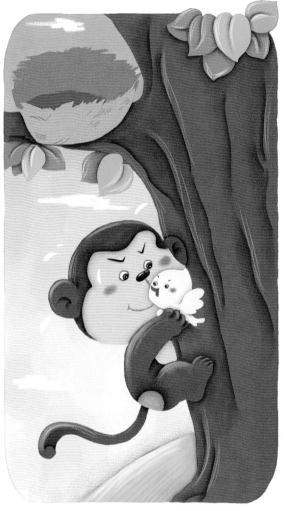

請白雲幫忙 （關心別人）

誰的膽子大（學習勇敢）

誰偷吃了水果（不要貪心）

大象秋千（慷慨助人）

小猴子吃桃（感謝他人）

足球漂走了（幫助別人）

嘴巴漏洞的小豬（學習節儉）

小蛇架橋（助人不求回報）

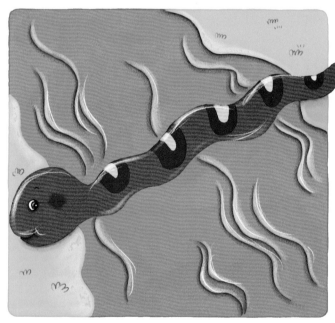

給貓喝酒（團隊合作）

小蜜蜂回來了（保持乾淨）

鴕鳥媽媽藏蛋（物歸原主）

故事導讀（參考使用）

P2 偷蜜糖的黑熊（不要弄巧反拙）

1. 黑熊看到窗邊放着一大罐蜜糖，甜甜的香味讓牠口水直流。
2. 牠悄悄地把蜜糖偷走了。
3. 黑熊打開了罐子，「哈哈，香噴噴的蜜糖真好吃啊！」
4. 蜜糖的香氣引來了一群蜜蜂，嚇得黑熊丟下蜜糖逃跑了。

★選擇不正當的方式處理事情，會導致失敗。

P3 小蛇的毛衣（學習關心別人）

1. 秋天到了，動物們都穿上保暖的衣服。只有小蛇沒有新衣服穿，牠傷心得快要哭起來了。
2. 熊奶奶正在織很長很長的毛衣，這是要給誰穿的呢？
3. 哦，原來是要送給小蛇的。小蛇知道別人關心自己，開心得立即穿上厚厚的毛衣呢！

★主動關心和幫助別人，不僅讓他的內心感到溫暖，自己也會很高興。

P4 誰送的禮物（關心朋友）

1. 小松鼠生病了，一整天都沒出門。
2. 第二天，小松鼠在家門口發現很多禮物。
3. 牠看看地上的腳印，知道來看牠的朋友是小雞、小鴨和小貓。

★朋友不開心或有困難時，要多關心他，讓他感到被愛。

P5 蹺蹺板（不以大欺小）

1. 兩隻松鼠在玩蹺蹺板，牠們玩得很開心。
2. 小狗來了，牠大叫：「你們快走開，給我玩！」
3. 這時候來了一隻大公雞，牠願意和小狗玩。
4. 大公雞突然飛起來，小狗「咚」的一聲就摔到地上，這時，小狗才知道以大欺小是不對的，以後也不敢欺負其他小動物了。

★我們不該欺負比自己弱小的人，不然也會受到惡果啊！

P6 小貓釣魚（不貪別人的成果）

1. 狐狸正在河邊釣魚。
2. 又有魚上鉤了，狐狸很開心的把魚放在水桶裏。
3. 狐狸準備回家享用鮮魚大餐，牠往水桶裏一看，咦，剛才釣的魚怎麼只剩下一尾？
4. 原來，小貓坐在樹枝上，偷偷把水桶裏的魚都釣光了。

★別人辛苦得到的成果，不應任意據為己有。

P7 貪吃的小豬（不要貪心）

1. 小豬十分貪吃，牠每天都要吃很多食物。
2. 朋友們找小豬一起出去玩，牠揮揮手說：「我不去，我還沒吃飽呢！」
3. 於是，小豬變得愈來愈胖，現在連走路都覺得辛苦啊！

★東西足夠就好，有時候太過貪心，反而讓自己變得不快樂。

P8 狐狸偷葡萄（做正當的行為）

1. 狐狸看着葡萄架上飽滿多汁的葡萄，餓得口水都要流出來了。
2. 牠看四周沒人，就爬上葡萄架，想要偷葡萄。
3. 小狗發現了，要教訓狐狸，狐狸嚇得趴在葡萄架上不敢下來。

★ 行動前先思考自己的做法是否正確，會有怎樣的結果。

P9 不冷了（幫助朋友）

1. 冬天到了，大風不停吹進樹洞裏，小松鼠冷得直發抖。
2. 好朋友麻雀來了，牠送給小松鼠一片樹葉。
3. 哈哈，用樹葉當小松鼠家的門，這樣風就吹不進洞裏了。

★ 朋友遇到困難時，要盡量想辦法幫助他，一起解決困難。

P10 迷路的小白兔（熱心助人）

1. 小白兔在樹林裏迷路了，牠很想回家，開始害怕得哭起來。
2. 周圍突然變亮了，原來是螢火蟲要幫小白兔找到回家的路。
3. 小白兔高興地對媽媽說：「螢火蟲真善良，我要向牠們學習。」

★ 主動且熱心幫助別人的人，值得我們學習。

P11 自作自受的小豬（替人着想）

1. 小豬在草地上吃西瓜，把西瓜皮扔得到處都是。
2. 西瓜吃完了，小豬摸着圓滾滾的肚皮，大搖大擺地回家。
3. 「哎喲！」一不小心，小豬踩到自己扔的西瓜皮滑倒了。

★ 不在意其他人的感覺，只顧自己方便就好，有時候反而會害了自己。

P12 懂事的小烏鴉（孝順父母）

1. 烏鴉媽媽每天辛勞地找食物給小烏鴉吃，希望牠健康成長。
2. 等小烏鴉長大了，烏鴉媽媽就教小烏鴉學飛。
3. 日子久了，烏鴉媽媽年紀大，飛不動了，輪到懂事的小烏鴉出去找食物給媽媽吃。

★ 我們可以幫忙父母做家務，讓辛勞的他們可以輕鬆一下。

P13 團結的小螞蟻（團結精神）

1. 小螞蟻找到一塊很大的餅乾，可是牠搬不動，怎麼辦呢？
2. 有辦法了！小螞蟻跑回洞穴請同伴幫忙。
3. 加油！大家同心協力，一起把餅乾搬回家。

★ 一個人很難辦到的事，如果大家一起做，就容易得到成功。

P14 小雞搶食物（不與人計較）

1. 兩隻小雞同時發現了一條小蟲。
2. 牠們都說小蟲是自己先找到的。
3. 兩隻小雞吵呀吵，這時候小蟲早就已經悄悄溜走了。

★ 與人計較是沒有意義的，最後反而甚麼都得不到。

P15 放風箏（熱心助人）

1. 天氣真好，小刺蝟正在放風箏。
2. 啊！風箏飛到樹上了，牠沒法拿下來。
3. 好心的小猴子幫忙把風箏拿下來了，小刺蝟很開心呢！

★ 自己無法解決的問題，可以試着請人幫忙，並真心感謝他。

P16 見義勇為的猴子（主動幫助別人）

1. 小鳥不小心從窩裏掉下來，不能飛回去，牠坐在地上哭起來了。
2. 猴子看到了，馬上將小鳥送回家。
3. 「謝謝你！」小鳥開心地說。

★ 看到別人有困難時，我們要主動關心和幫助他。

P17 請白雲幫忙（關心別人）

1. 天氣好熱啊！熊爺爺累得滿頭大汗，小熊看了真着急。
2. 小熊跑到山頂上，請白雲來幫忙。
3. 白雲替熊爺爺遮住了陽光，熊爺爺現在覺得不那麼熱了，小熊十分高興。

★ 可以替別人解決困難，自己也會感到快樂。

P18 誰的膽子大（學習勇敢）

1. 小狗戴着老虎面具去找兔子，兔子被嚇得哭起來。
2. 小狗在旁邊大笑起來：「哈哈，你的膽子真小！」
3. 長頸鹿醫生來幫小動物們打預防針，大家都乖乖排隊。
4. 輪到小狗打針了，牠開始哇哇大哭。動物們嘲笑牠說：「你膽子這麼大，還會怕打針嗎？」

★ 以大欺小不算勇敢，面對困難不退縮才是真正的勇敢。

P19 誰偷吃了水果（不要貪心）

1. 田鼠和松鼠找到很多水果，正要把水果運回家。
2. 松鼠拉車，田鼠跟在後面，邊走邊流口水。
3. 田鼠實在忍不住了，牠趁松鼠不留意，偷偷將水果吃掉。
4. 田鼠吃得又急又快，肚子痛了起來，牠以後再也不敢偷吃東西了。

★ 想要獨佔所有好的東西，不僅太過貪心，也可能得到不好的結果。

P20 大象秋千（慷慨助人）

1. 森林裏的小動物最喜歡盪秋千了。
2. 某天，秋千壞了，大家都十分難過。
3. 善良的大象決定幫助大家，小動物們又可以快樂地盪秋千了。

★ 當有人需要你的幫助時，千萬不要吝嗇伸出援手。

P21 小螞蟻過河（熱心助人）

1. 小松鼠和小猴子正開心地盪着秋千。
2. 水溝太寬了，小螞蟻不能繼續前行，怎麼辦呢？
3. 小松鼠和小猴子用秋千上的木板幫牠們搭了一座小橋。
4. 雖然沒有秋千了，牠們用剩下的繩子來跳繩，還玩得很高興呢！

★ 雖然幫助別人需要付出代價，但內心獲得的快樂卻是無價。

P22 小猴子吃桃（感謝他人）

1. 對岸的桃樹上結滿了香甜的桃子，小猴子看得口水直流，可是牠不會游泳，無法過河。
2. 小猴子請會游泳的河馬幫忙。
3. 到了對岸，牠摘下桃子，送給好心的河馬。

★ 我們平時要熱心助人，對於那些幫助過自己的人，也要誠懇地感謝他。

P23 溜冰表演（謙虛學習）

1. 大笨熊和小松鼠在表演溜冰。小松鼠會後空翻，觀眾們都為牠鼓掌。大笨熊覺得很不服氣。
2. 快看，大笨熊也要表演後空翻了。
3. 大笨熊「砰」的一聲摔在冰上，痛得眼淚直流，大家還以為牠故意摔在地上，惹人發笑呢！

★ 不擅長的事情千萬不要勉強去做，要懂得謙虛學習，否則容易失敗。